KB120698

천년의
시 0135

말로는 그랬으면서

천년의시 0135

말로는 그랬으면서

1판 1쇄 펴낸날 2022년 8월 8일
지은이 이효정
펴낸이 이재무
기획위원 김춘식, 유성호, 이형권, 임지연, 홍용희
책임편집 박찬세
편집디자인 민성돈
펴낸곳 (주)천년의시작
등록번호 제301-2012-033호
등록일자 2006년 1월 10일
주소 (03132) 서울시 종로구 삼일대로32길 36 운현신화타워 502호
전화 02-723-8668
팩스 02-723-8630
블로그 blog.naver.com/poemsijak
이메일 poemsijak@hanmail.net

이효정 ⓒ, 2022, printed in Seoul, Korea

ISBN 978-89-6021-647-1
    978-89-6021-105-6 04810(세트)

값 10,000원

말
로
는

그
랬
으
면
서

이 효 정   시 집

천년의
시 작

시인의 말

시詩가 되지 못한 시와
내가 되지 못한 내가 가득하다.

그냥 버려도 될 불구不具의 말들을
굳이 책으로 묶으니 딱한 일이다.

어쨌든 한판의 살풀이가 끝났다.

새판은 나도 모른다.

2022년 8월
이효정

차 례

시인의 말

제1부

제3부

제1부

징검다리 앞에서

징검다리는,
흐르는 물 가운데 가부좌 틀고 앉아
오가는 걸음 소리 듣고 있었네

천방지방 고라니처럼 달려오거나
꼬리에 꼬리를 붙잡은 코끼리 걸음도
징검다리 앞에 서면 잠시,
다음 한 걸음을 생각했다네

은하수에 던져진 성긴 별처럼
우리는 서로를 딛고 디디며
견우직녀로 오리온으로 혹은
또 다른 별자리로 어울리곤 했었지

당신의 마음 하나 건너오기 위하여
단 한 걸음도 빼먹지 못하고
꼭꼭 짚어야만 했던 징검돌

그러나 당신은,
아직도 물속 깊이 잠긴 채
수월관음 수월관음만 읊고 있다네

동반同伴

아득히 멀어지는 저녁 어스름
한 뼘 두 뼘 자신을 비워 내는 벌판을
단 일 획一劃으로 가로질러

전깃줄에 새 한 마리,
어디선가 또 한 마리 날아와
슬그머니 곁에 앉는다

출렁!
바람도 없는데
함께 흔들린다

흔들리던 줄이 잠잠해져 가는 사이
서로를 견디며 중심을 잡아 주던 그사이
날은 저물어,

이제 단지 몇 컷밖에 남지 않은 오늘

나란히 꼭 붙어 앉아
머지않아 스러질 땅거미를 뒤에 두고
무심히 기대어 보는 여윈 어깨

꽃이 너무 피었다

산수유 목련 개나리 벚꽃까지
모두 바람이 들어 들썩거리는데
베란다의 제라늄 저 혼자
마침내 꽃을 끊었다

겨우내 피고 또 피던 꽃
이제 끝인가 하면 다시 수십 송이씩
뜬금없이 폭소爆笑처럼 터지곤 하던 꽃이,
수척해지고 나서야
겨우 울음이 보였다

언제나 환하게 피어나던 눈동자
대출받아 오디오 바꾸자는 남편을
사표 낸다며 소주만 들이켜는 아들을
말없이 지켜보며 시들어 간,
당신도 그랬다

꽃이 너무 피었다
꽃이 아프다

잘 구워진 밥상

싱싱한 고등어
보기 좋게 구이로 올라왔다

늦가을 햇살 알맞게 스며든
노릇노릇한 살점
쭉쭉 찢어발기다
문득 떠올랐다

열심히 살아
기꺼이 먹이가 되어 주었던,
자기 살 구워
맛있게 먹이고 싶었던,

등 푸른
아버지…… 어머니……

구수한 햇살 그득한
잘 구워진 밥상 앞에서 나는
차마 손이 민망해
맨밥이나 우물거리면서,

빵집

엄마는 가끔 나를 시장에 데려가곤 했다
그런 날은 동네 어귀 빵집에도 들렀는데

단팥빵이나 찹쌀떡 혹은 밤빵 쟁반 옆에
살짝 소금 친 흰 우유 한 잔 받아 놓고
활짝 벙글어진 어린 아들 바라보며 엄마는,
밤낮을 번갈아 방직기계 앞에 붙들려
제대로 챙겨 주지 못한 애틋함을 씹었으리

이제 나의 빵은 집을 잃었다

오늘, 도깨비시장 가판대에서 집어 온
단팥빵 몇 개 식탁에 펼쳐 놓고
그리운 이름을 호명呼名해 보니

아무 대답이 없다……

철 지난 바닷가 모래바람보다도 더
짜고 거친 입 속의 검은 단팥,*

* 기형도, 「입 속의 검은 잎」의 운韻을 빌림.

창밖에 일흔이

혼술의 저녁
진눈깨비 흩날리는 창밖을 보니
문득, 희끗희끗하신 아버지

네가 올해 몇이냐?

돌이켜 보니
실낱같은 바람조차 맥박처럼 힘차게
제대로 한번 살려 낸 적 없었다

평생을 들락거렸으나 언제나
텅 빈 방,
퉁퉁 부은 심장 구석구석 고인
푸른 피,

꽝꽝 얼어
먹먹한 창문 밖
일흔의 아버지 서 계신다

평생, 들판의 봄바람이고 싶었으나

진눈깨비 흩날리는 외진 곳

겨울바람을 배경으로

그럴 때가 있다

살다 보면
그럴 때가 있다고 한다

이른 봄 응급실에 실려 간 아들
요로결석 수술을 받더니
여름에는 애용하던 모닝 폐차시키고
입원한 아내
덤으로 당뇨까지 평생 동무 삼았다

가을 되자 또다시
장염으로 입원한 아들
온 집안이 허둥지둥 지쳐 가는 사이
올해만 세 번째 직장을 옮긴 딸
살바람에 떨며 돌아와 거친 잠이 들었다

그러니 효정 씨, 당신만이라도
그냥 별일 없었으면 좋겠는데

잠시 눈 감고 숨 고르며 생각해 본다
나이 들면서 우리 몸이 겪는다는

생애 전환기처럼

지금이 그때가 아닐까

살다 보면 그럴 때가 있다던

바로 그런 때,

슬픔은 동물의 것이다*

가을인가,
오늘도 아버지 찾아오셨다
다음 달 제삿날을 잘못 알고
미리 오신 건가 하다 깨달았다
내 나이 어느새 당신 가신 그때쯤인 걸

늘 거닐던 개울가에서
장맛비에 휩쓸려 버린 듯
느닷없이 찾아온 손님 따라
당신, 황망히 떠나시던 날
온 산으로 번진 불길
짐승처럼 신음하며 울음 삼켰는데

밤새 소낙비 다녀갔는지
앞산까지 성큼 다가온 슬픔
아버지, 눈이 멀어 버릴 것만 같아요
하늘은, 하늘은 왜 저리 푸른가요?

* 존 버거, 『글로 쓴 사진』 중에서.

말로는 그랬으면서

밤새고 돌아와 말도 없이
제 방문을 닫아 버린 딸아이
때늦은 사랑 어쩔 줄 몰라
스스로를 유폐幽閉시킨 서른아홉

이대로 돌아서면 한동안,
어쩌면 영영 서먹해질 것만 같아
보지도 않는 채널 돌려 가며
열리지 않는 문 앞에서 맴을 도는데
함께 따라온 매서운 바람이
온 집안을 꽁꽁 얼리고 있다

식은 음식 다시 또 데워 놓고
슬그머니 사라진 아내 찾아보니
무릎 꿇고 기도 중이다

그냥 지켜보자고
별일 아닌 것처럼 무심하자고
철없는 남편에게 당신,
말로는 그랬으면서

와이셔츠를 걸친 비너스

묵은 빨래를 하고 있네
긴소매 둥둥 걷어붙이고
커다란 고무 다라이에 뛰어들어
질근질근 찌든 때 밟고 있는데
젖은 와이셔츠 착 달라붙은 다리
사일런트 디스코*라도 추는지
경쾌하게 음표 사이를 건너다니네

세탁 세제 모델처럼 웃고 있는 저 여자
아무리 심한 얼룩이라도 다 씻어 낼 듯
튀겨진 물방울은 메마른 땅에
뭉게구름처럼 피어오르고
따뜻한 햇볕과 선들선들한 바람은
진작부터 기다리고 있다네
조가비 속 비너스**처럼
싱그러운 물비린내 물씬 풍기는
고무 다라이 속 여자,

저 여자는 옷도 없나
남자 와이셔츠를 걸치고

* 사일런트 디스코: 스피커 대신 무선 헤드폰을 쓰고 춤을 추는 것.

** 보티첼리의 〈비너스의 탄생〉.

방생放生

내가 절에 간 것은
벌써부터 아내가 조른 까닭이지만
쇼핑 카트 밀며 따라다니기보다
조금은 편할 거라는 셈도 있었듯이

누구는 방생放生 좋은 줄만 알고
어항 속 금붕어 건져 와
염불 외며 풀어 주었을지도 모르는데

초파일 봉축법요식 구경한 후
점심 공양까지 신세 지고 돌아오는 길
징검돌 서넛 건너는 개울물 속에
어룽거리는 화엄등華嚴燈* 하나

낯선 물살 어지러워
제자리에서 맴도는 자비심
무심코 놓아 버린 생을 위해
아내는 두 손을 모은다

관세음보살, 관세음보살……

* 화엄등: 알록달록한 붉은색 등. 제작 업소에서 편의상 부르는 이름으로 화엄등, 영가등, 바람연등 등이 있다.

26

경계境界

음력 5월, 장인어른 기제사忌祭祀 날
벼 자라는 소리 가득한 들판을 달리며
아득해진 이름들을 그려 보다가
깜빡! 했다

조수석의 아내는 입원했고
차는 그대로 다시 돌아오지 못했는데
슬며시 휘어지는 그 길 위에서 나는
도대체 어디 가고 없었을까

그런 찰나, 구겨지는 차 안에서
우리를 끄집어낸 것은
꼭 그 어른의 손길만 같은데

잊을 만하면 한 번씩 찾아오는 딸과
얼굴도 보지 못한 사위에게
일러 주고 싶었던 경계警戒는 무엇일까?

이승과 저승
깜빡과 깜짝 사이
슬며시 휘어지는 길 위에서,

더 이상 아무 말도

이런저런 인연들 다 어긋나 버리고
어린 남자애와 한번 살아 보겠다며 집 떠난
딸아이 처음 찾아가던 날

가져간 옷가지나 전해 주고
아무것도 보지 말고, 아무 말도 하지 말자
다짐에 다짐을 더하던 길
그 도시는 참으로 멀고 아득하였다

어려서 혼자가 되어 군대도 못 가고
공사장 잡부로 일당을 번다는
사위도 뭣도 아닌 사내아이의 사글셋방

우리 부부 들어설 자리조차 없어
길에서 잠시 얼굴만 보고 돌아서는데
주뼛거리며 내미는 손

아빠, 자!
응? 너나 쓰지
또 있어

\>

온종일 망설이다 결심했을
KF94 마스크 두 장!
아무 말씀 마시고
그냥 돌아가라는 것만 같아서

되돌아오는 길 내내 우리는
마스크 안에 맴도는 것을
끝내 뱉어 내지 못했다

방아쇠를 당기고 싶다

1967년 겨울
강원도 화천군 사내면 사창리
중학교 입학을 앞둔 아이는
종일 혼자 아버지 총 가지고 놀았다

분해, 결합(철컥), 발사(탁!)

묵직한 침묵의 총
멀리만 계셨던 아버지
비로소 만져 보고 헤쳐 보면서
권총 한 자루
갈비뼈 사이 깊숙이 꽂아 놓았는데

평생 빈손으로 쏘는 시늉만 하면서
먹구름 같은 관계의 틈 헤집고 들어가
뜨거운 피 만난 적 없었다

이제 한 발의 총알을 얻어
러시안룰렛을 해 보고 싶다
단 한 번, 뜨겁게

방아쇠를 당기고 싶다

장전, 발사(꽝!)

성省*

아이가 공연公演을 준비하고
아내는 식구들의 건강과 행운을 기도하는
연습실 겸 작은 법당法堂에서 나는,
가끔 바닥 청소나 하면서 가족인 척하는데
일주일에 한두 번 변변찮은 그 일마저
성省으로 여행을 떠나면
한 주週나 두 주씩 건너뛰어야 했다

간혹 사람들은 묻는다, 왜 성에 가느냐고
하지만 나는 성이 어디에 있는지
거기서 무엇을 하고 오는지
정말 가기는 간 것인지
블랙홀 저 너머처럼 깜깜할 뿐이다

언제 어디서든 마음이 일어나면 바로
떠나 버리곤 하였지만
돌아오는 길은,
등 푸른 연어도 은어도 아닌
탕자蕩子나 배신자는 더더욱 아닌
부끄럽고 수치스러운 주정뱅이였을 뿐

>
이제 떠나는 일도 점점 더 힘들어지고
돌아오는 길마저 자주 잃어버려
오랜만에 가까스로 찾은 연습실은
철 지난 화분처럼 시든 미소로 나를 맞는데
문득, 가고 또 가도 본래 그 자리**라면
여기가 바로 내가 찾던 그 성省이 아닌지

* 성省: 인사불성人事不省.

** 행행본처 지지발처行行本處 至至發處. '가고 또 가도 그 자리가 본래 자
   리요, 이르고 이르더라도 그 자리가 출발한 자리'라는 의상 대사의 말씀.

행주의 내력來歷

멀리 사는 막내 고모 친정 다녀간 뒤
반만 남은 아버지의 월급봉투
받아 들고 기가 막힌 어머니
기어코 밥상머리에 한탄恨歎을 쏟아 낸다

아랫돌 빼서 윗돌 괴는 것도 정도가 있지
십 원 한 장 뺄 것 없는 살림에
이 큰 구멍을 어떻게 하나요?
고모 처지 딱하기로서니
우리 새끼들은 그냥 죽으라는 건가요?

딱히 할 말도
별 뾰족한 수도 없는 아버지
벼락처럼 수저 내려놓고는
자신의 가슴 부서져라 내리치며
낡은 러닝셔츠만 북북 쥐어뜯었는데

며칠 후 어머니는
찌그러진 세숫대야에 양잿물 풀고

찢어진 러닝셔츠를 푹푹 삶았다

그날 부뚜막에 새 행주가 올라왔다

우연이었을까

말꼬리 잡아 모질게 서로를 몰아세우다
엉겁결에 광릉수목원까지 갔던 그날은,

흐렸다 갰다 장맛비 같았던 대화를 털어 내며
무연無緣히 이곳저곳 기웃거리다 만난
월정사 숲길은,*

전나무 향기에 홀린 듯
무작정 들어선 그 길 끝에서 마주친
백두산 호랑이 울음 같았던 안내문은,

헐레벌떡 산을 넘어갔으나
시간 지나 맹수 우리는 문이 닫혔고
폐장 시간에 쫓겨 내달려야 했던 산길은,

아— 장맛비 추적대는 질척한 흙길 위에
뒤집혀 버둥거리는 장수풍뎅이!
일으키려는 손 완강히 거부하는
언젠가 뿔을 걸고 겨루었던 바로 그 어깨!

>
그렇구나, 네가 나를 불렀구나
그때 진 목숨 빚, 오늘 갚으라고!

축축이 젖은 아침나절의 말들을 되짚으며
돌아오는 길
우리는 끈질긴 장맛비에 잠겨
수목원 나무들처럼 묵묵하였네

* 월정사 숲길: 오대산 월정사 전나무의 종자를 증식하여 1927년경 조림
한 우리나라 3대 전나무 숲길 중 하나.

제2부

때값도 못 하고

동학 제2대 교주 최시형은 늘 노끈이나 새끼를 꼬며 지냈는데,
재료가 없으면 꼬았던 것을 풀어서 다시 꼬곤 했다.
제자들이 그 까닭을 묻자 "한울님은 쉬는 법이 없다"고 하셨다.

대한大寒 추위 비집고 찾아온
한 평 남짓한 햇살 그냥 보내기 아까워
마주 앉아 손톱을 깎다 문득,
일도 없이 때만 잔뜩 낀
내 손이 미워졌다

종소리를 굽다

그 좋던 음악도 시들하고
책장冊張 넘기는 소리마저 허전해지면
일상日常을 잠시 접고
따뜻한 밥이나 한 그릇 먹어야겠다

냄비에 밥 안치고
연근 우엉 콩나물무침
세 팩 오천 원짜리 시장 반찬에
시원한 냉수 한 사발

우리 한창 좋았던 그때
서로의 입에 한 숟가락씩
이야기를 떠먹여 주다
가끔 체하기도 했던 가슴
불현듯 다시 뻐근해져 오는데

이 밥상머리에 당신을 불러
감은사지* 금당 찾아오는 맑은 은어
두어 마리 구워 놓고
먼바다 속 물살이 넘실거리는

수박 향기 은은한 종소리**나 맛보았으면

* 감은사지: 경주시 양북면 용당리 감은사지.

** 경주시 양북면 봉길리 앞바다(문무왕 수중암 소재)에서 파도가 거세거나 해일이 몰려올 때면 종소리가 들려온다는 어부들의 소문이 있어 왔고, 감은사지 앞을 흐르는 대종천에는 은어가 서식한다고 함.

막잔盞

제 살 다 내어 준 채
열반송涅槃頌 읊고 있는 도미처럼
한평생 누린 것들 각脚을 떠 보니
온통 빌리고 구걸하고
훔친 것들뿐

구구 팔팔 이삼사 하자던 이도
잠들어 그 길로 가자던 이도
앰뷸런스 사이렌 앞에선
그저 속수무책!
시간은 이제 단 한 칼만 남겨 놓았는데

접시 한가운데 떠 있는 도미처럼
시늉이라도 멋지고 싶지만
뻐금뻐금,
변명은 끊이지 않고

차마 비우지 못해
다시 내려놓는 막잔盞.

흰 종이에 손을 얹고

흰 종이에 손을 얹고
늦가을 삭정이 같은 그 모습
본떠 보았네

글이나 그림 낙서라도 좋으니
마음껏 채워 보라 펼쳐 놓은 종이 한 장
손바닥 하나면 가득 찼지만
눈보라 치는 광야에 버림받은 듯
나는 그만 머릿속이 하얘지고 말았네

평생 쓰고 다닌 가면을 벗고 보니
아무것도 아닌 나
아무 데도 없는 나
흰 종이 앞에서 허둥거리네

주먹 쥐고 손톱 세워
평생을 아등바등 싸웠지만
얻은 것 하나 없이
삐똘- 삐똘-
그림자만 남은 손

화양연화花樣年華*

1. 상강霜降

모두가 조금씩은
가슴앓이 하나 보다

가을 새벽
웅크린 그믐달 명치에 걸려
가르렁거리는 기침 소리들

무서리 진 입술에
푸른 병病이 깊었네

2. 아마도, 아마도, 아마도*

찬바람 불면 쉽게 변하는 것들이 있다. 너의 눈빛, 몸짓,
영혼. 손길마다 피어나는 서리꽃. 이 계절이 부쩍 늙었음을
알겠다.

불현듯, 상강이 스쳐 지나갔다.

＞

그만하자. 아마도 다시는 싸우지 못할 것이다. 오늘 밤
《화양연화》를 보면서 양조위의 아득한 눈빛이나 따라가 봐
야겠다.

* 화양연화花樣年華: 인생에서 가장 아름답고 행복한 순간을 표현한
  말. 중국 왕가위 감독의 영화 《화양연화》가 유명함.

** 아마도, 아마도, 아마도: 오스발도 파레스 작사·작곡 〈Quizas, Qui-
  zas, Quizas〉. 영화 《화양연화》에서는 냇 킹 콜이 불렀다.

가만히 멍* 1
―마산항

눈 감고 귀 기울이면
바람 소리 물소리 비린내가 물씬하니
보일 듯 말 듯 어른거리는 물결

마창대교馬昌大橋 그늘 아래서
늙은 유기견遺棄犬처럼 엎드린
작은 섬** 하나 겨우 찾았네

마산항,
가만히 멍 때리다 빠져 버린
어둑한 유년幼年의 바다

돌아가리라 안간힘을 써 봤지만
의지했던 부모님 떠나신 후
빈 굴 딱지처럼 메말라 버린 안부

이제 다시 항구를 찾는다 해도
짠 물맛 물비린내를 모르는
젊은 등대 하나
깜빡깜빡,

잊혀진 나를 맞겠네

* 가만히 멍: EBS 《가만히 10분, 멍TV》에서 빌림.

** 작은 섬: 마산항 앞에 떠 있는 작은 섬, '돝섬'.

가만히 멍 2
—전등사 수각

밤새 물소리
또록또록 환해지다

한 올 풍경 소리 바람에 풀어놓고
무슨 말을 기다리나
고요한 절 마당

자루에는 쌀 석 되
화롯가엔 땔나무 한 단*

산 중中 벗들에겐 쌀 한 줌
스님은 나물 반찬에 냉수 한 대접

맑은 물 길어
조왕단에 보시기 올리다

끊임없이 받아 내고
또 흘려보내는
저 수각의 말 없는 말

>
가만히 멍 때리다
다시 천 년,
물속에 등불로 흔들릴

* 양관 선사의 시.

가만히 멍 3
―가을 코스모스

10조 개의 별을 품은 은하가 10조 개나 있는 광막
한 대우주의 세계. 은하수 은하의 변방, 자그마한
노란색 별 태양이 이끄는 태양계의 한구석에서 창
백하게 빛나는,*

고수부지 빛바랜 가로등 아래
핼쑥한 꽃 한 송이
곡기도 끊은 지 오래인 듯
향기마저 해어졌는데

설악산 천불동 계곡물 따라
마른 잎 한 장
남해 금산 앞바다에 또 한 장
그렇게 떠나보내고 남은
가슴 긁는 풀벌레 울음 하나

휘청, 무릎 세우는 코스모스 기세에
출렁, 한발 물러서는 무한 천공
넘어졌다 일어섰다
무구無垢한 밀당을 지켜보면서

가만히 멍 때리다 홀연,

등짝을 후려치는
갈바람 한 방(棒)

아! 이제 그만 자러 가야지

* 칼 세이건 저, 『코스모스』에서.

가만히 멍 4
—아궁이 불

다비식 끝난 저녁
텅 빈 암자
아궁이에 군불 지피고
곱은 손 쬐는 큰스님 말씀

오래전, 초발심初發心 일어나
생솔가지 불붙이듯 조바심 내 봤지만
매운 연기 자욱하니 눈물만 나더라
누생累生의 쌓인 업 고랫재가 차고 넘쳐
불맛도 못 본 구들장 냉기만 가득하더라

아귀 걸신처럼 불길을 삼키는
허기진 아궁이 앞에서
가만히 멍 때리다 깜박,

언제 큰스님 오셨는가!
가부좌 틀고 선정禪定에 든 잉걸불

스님! 큰스님!
맨바닥에 삼배三拜 올리고

이리 뒤적 저리 뒤적 불씨 헤집다

그만 다시 또, 멍

가만히 멍 5

—63빌딩*

버림받은 도시를 위해
멀리 바다가 보이는 모래섬에
기도하는 손을 세웠다

만연체의 긴 문장으로 흘러가던 물결 위에
지푸라기 나뭇가지 헝겊 쪼가리 모아
모래 진흙 물거품으로 반죽을 개고
황금빛 껍데기로 마무리한 손

노을을 배경으로 경건하게 모은 손끝으로
도시의 소란은 물안개 되어 피어오르고
욕망이 굳건히 뿌리 내린 손목 아래서는
가오리와 가장假裝 인어가 어울려 춤을 추었다

이제 옛 주인은 몰락하였고
찬란했던 기적奇蹟의 이름도 퇴색하고 말아
지나던 구름과 바람이 기념비를 증언할 뿐

세계불꽃축제**의 밤
빈손에 어룽거리는 눈물을 보며

가만히 멍, 때리다

획— 허공을 베는 한 자락 칼날
잘라라 기도하는 그 손을!***

* 63빌딩: 독실한 크리스천이자 63빌딩 건물주였던, 대한생명(신동아 그룹) 회장 최순영의 말에 따르면 63빌딩은 "기도하는 손의 모양을 상징" 한다고 함.

** 세계불꽃축제: 63빌딩의 현재 소유주인 한화 그룹 주최로 열림.

*** 파울 첼란, 「빛의 강박」에서.

가만히 멍 6
―벼

민간인 출입 통제구역
허물어져 가는 위령탑이
고지高地 아래 벼를 키우고 있다

그해 여름
3년의 비명이 입을 다문 후
빈 벌판에는 떠도는 명령命令들만 남아

뭉개진 뼈와 살은 거름이 되고
돌아가지 못한 피는 논물로 괴어
해마다 밥맛 좋은 이삭으로 팬다는데

오지 않는 적을 기다리다
유적遺蹟이 되어 버린 철책 너머
아득히 가무러지는 군용 트럭을 지켜보다

가만히 멍, 때리는

벼,

죽음의 함성이 너울거리는

깊고 푸른 적막

가만히 멍 7
—달고나(오려 떼기*)

학교 앞 양지바른 담벼락
달고나 오려 떼기 좌판이 열렸다

세모 네모 동그라미 하트
사람 별 나무 강아지 집……

각자의 문양을 받아 들고
바늘에 침 묻혀 가며
정신이 팔린 아이들

그러나 이미 딱딱해진 달고나
속절없이 부서지고 마는데

사과 궤짝만 한 좌판을 둘러싼
한판 승부의 몰입을 지켜보면서

가만히 멍, 때리다
화들짝!

패잔병처럼 널브러진 일상日常을 그러모아

돌아서는 오후

* 오려 떼기: 달고나에 찍힌 문양을 떼어 내는 것을 흔히 '뽑기'라고 하
  는데, 내 어릴 적 경상도에서는 '오려 떼기'라고 했다.

가만히 멍 8

—먹 가는 소리(비인마묵 묵마인非人磨墨 墨磨人[*])

똘똘똘……
가는 빗방울이 모여 떨어지듯
연적硯滴의 물을 연당硯堂에 받아

농사짓는 농군農軍처럼
요령 피우지 않고 억지로 힘쓰지도 않으면서
소(牛) 가는 대로 부드럽게 오고 가다

연지硯池에 먹물을 저장하고
다시 천수天水를 받아 먹을 가는

남포연이나 단계연도 아닌
인사동 거리 흔하디흔한 그런 벼루에
연습용 저렴한 먹을 가는 소리

오만 생각 잠시 내려놓고
깜박,
가만히 멍 때리는

농먹(濃墨)에서 담먹(淡墨)으로

내 마음 가는 소리

* 비인마묵 묵마인: 사람이 먹을 갈지 않고, 먹이 사람을 갈았다(소동파).

깨끗하게 더러운 손

두물머리 한번 제대로 보고 싶어
운길산 수종사 찾아가는 길
무릎으로 가슴 치며 기다시피
거친 숨 몰아쉬고 일주문 지났더니
거기까지 나와 반기시는 부처님 한 분

해돋이도 해넘이도
구름 많은 날 구름바다마저도
다 볼 만하다는 수종사를 등지고
평생 지은 구업口業과 번뇌 망상
여기 모두 풀어놓고
오늘은 구경이나 잘 하라시는데

어차피 절도 부처도 모르고
다산 초의도 알 바 없이
사진 몇 장 찍고 구경 한번 잘했다며
떠들썩하게 돌아가는 사람들

가사 자락 적시는 는개 헤치며
풀어놓은 업장業障들 갈무리하시는

부처님 손 까맣게 물들었다
깨끗하게 더러운 손!

나목裸木에서 고목枯木으로

간밤, 찬 서리 내리더니
메마른 풀밭처럼 거친 손바닥
잔금이 늘었다

끊어질 듯
삐뚤삐뚤 기어가는 손금 위로
아득히 스러지는 계절

바람 언덕 고목枯木처럼
더 쥘 것도 없이
텅 빈 손

세상 일 다독이며 살라 하지만
이제 내 손길에는
온기溫氣가 없네

간절기間節氣

허옇게 얼어붙었던 달
우수 즈음 비 소식에
한 겹, 또 한 겹
간절히
녹아내리고

단추 하나쯤 풀어놓듯
느슨해진 하늘
기러기 두엇
간절하게
서산을 넘어간 뒤

창졸간倉卒間에 떠났던 봄이
다시 오려는지
오색딱따구리, 천 번 만 번
간절하게
하늘을 쪼는데

딱딱하게 굳어 버린 저 구름은
도대체,
풀리지를 않고 있다

오십견五十肩

언제부터 겨울산 메마른 어깨 속에
늙고 병든 새 한 마리 둥지 틀었다
매 맞는 장구(長鼓)보다 먼저
아야, 아야 우는 새

지그시 꾸-욱 누르다 천천히 손 풀고
느긋하게…… 느긋하게…… 진양조로
그러나 헛힘만 쓰는 손길 닿는 곳마다
더욱 사나워지는 부리질

궁채로 내리치고 열채*로 다그치니
열병처럼 끓어 넘치는 통증
한 바가지 얼음물 뒤집어쓴 듯 깨닫는다
아, 이 새는 이제 떠나보낼 수가 없겠구나!

이인삼각二人三脚 경주를 하듯
어깨 둥지 다독이며 묻는다

이만큼 손 올리고 장구 쳐도 될까
여기쯤에서 한번 명주 수건 던져 볼까

늙고 병든 새 슬슬 어르고 달래며

답답하게 얽힌 삶※ 우리

살풀이나 한번 해 보자 권하기도 하면서

* 궁채, 열채: 장구의 채. 궁채는 끝이 둥글고, 열채는 회초리처럼 생겼다.

주먹

단합 대회 마지막 시간
기념사진 플래시가 터지기 직전
꽝꽝 언 주먹들이
열과 오를 맞춰 늘어서 있다

맨 앞
가장 목청 큰 사람
짱돌 같은 손 흔들며
무슨 말을 던졌나
탄환처럼 장전된 주먹으로
무엇을 쐈나

어쩌면 그날 너는,
당황한 공범共犯처럼 자신을 부정하며
때늦은 후회로 씨발 씨발……
남은 양심인 양 슬쩍 주먹떡*도 먹였겠지

지금은 뒤집힌 동전을 세며
새롭게 말을 배우는 시간
사진 속 너를 끌어내어

무릎 꿇리고 심문審問을 한다

단 한 번도 세상을
제대로 때려 보지 못한 채
뻥튀기처럼 깨져 버린
주먹

* 주먹떡: 순우리말 욕. '주먹쑥떡'.

혹 쿠오퀘 트란시비트Hoc quoque transibit*

54년 갑오생甲午生인 나는,

사사오입 개헌과 함께 태어나
5 · 16으로 초등학교를 시작하고
유신으로 학창 시절을 마무리했다

한때 신앙이었던 대통령의 허망한 서거逝去와
느닷없이 강요된 12 · 12의 신화神話는
신파처럼 우스꽝스럽고 코미디처럼 슬펐다

아직도 삼청교육대를 기억하시는지,
숨죽이고 마시던 눈치 술 맛도,

6월 항쟁으로 얻은 민주주의도
외환 위기 극복을 위한 IMF 구제금융도
마침내 정권을 바꾼 촛불의 무리도
지나고 보니 욕망의 이전투구였을 뿐

그때그때 흘러가는 대로 살았고
다시 또 형편 따라 살아가야 하는 나는,

이제 모르는 말로 주문呪文을 외운다

혹 쿠오퀘 트란시비트!

1m 앞에서

번지점프 하러 갔다

저 끝에 서면 느낌이 달라져요
확신에 찬 안내 요원의 말

설마 내가……

당당하던 걸음
점프대 끝 1m 앞에서 그만
주저앉고 싶었다
난간이 자꾸 손을 내밀었다

삼식이*만은 되지 않으려고
발버둥친 지 9년
아무것도 변하지 않았다

언젠가 생의 마지막 순간에도
꼭 이럴 것만 같은
무서운 예감豫感!

* 삼식이: '집에서 삼시 세끼 다 챙겨 먹는 남편'이라는 뜻의 농담으로,
  중·노년 남자의 비애가 남긴 은어.

운주사 가는 길

얼마나 걸어가야 절이 나오나요?
하고 물으면 촌부는 이렇게 대답한다
이자 뿌리고 그냥 가소. 그라면 나오니께……*

818번 지방 도로, 운주사 가는 길
따지 않은 감들이 푸른 하늘 붙잡고
주렁주렁 피딱지로 맺혀 있다

부서질 듯 바삭거리는 하늘보다 먼저
허물어져 내리는 천 불 천 탑
염불마저 끊어진 운주사 오르내리다
눈 감은 석불 앞에서
삼배三拜 올리고 여쭤본다

얼마나 더 가야 할까요?
묻지 말고 그냥 가소, 가다 보면 곧 끝날 테니……

몇 걸음 만에 오른 언덕 위
하늘 보고 누워 편안하신 부처님
세상일 모두 잊어버린 듯
조만간 돌아가야 할 그 길
온몸으로 가리키면서

* 철학자 김진영, 『아침의 피아노』 중에서.

비겁한 질문

세상의 빛이자 어둠인 $E=mc^2$. 에너지 E가
'생명', 질량 m이 '밥'이면, 빛의 속도 c는 무
엇일까?

한 줌 남은 생명마저
악착같이 빨아 대는
파리 떼

얼레빗 살같이 성긴 갈비뼈로
마지막 숨을 빗고 있는 아이

바라보는 독수리의
무심한 눈동자

모르는 척 외면했고
망설이다 포기했다

오늘 나에게
빛의 속도로 당도한
추레한 비겁

근질근질

겨우내 잠들었던 동네 뒷산
진달래 몽우리마다 두드러기 오르고
산수유 찔끔 노란 물을 지리는데

단칸방 문지방에 엉덩이 걸치고
산 아랫마을 꽃 소식 구경하며 마시던
멀건 외상 막걸리 한 잔

누워서 반기던 젊은 사촌 형
겨우내 누렁개 한 마리 기다리다
늙어 버린 기침 소리
꽃샘바람에 묻히고 말았다

춘분 이전과 이후
그 찰나 지간에 들이닥친 어느 봄날처럼
홀연, 휘몰아치는 모래바람

이제 다시 메말랐던 핏줄 열리고
더운 피 스멀스멀 스며드는지
아, 못 견디게 가려운
근질근질한 회갑回甲

거꾸리

텅 빈 체육공원 한구석
칠성판 같은 등받이에 몸을 기대고
거꾸로 누워 보니
일순간에 거칠어지는 호흡
한 모금 침조차 삼키기가 어렵다

한평생 내달렸던 다리
허공에 묶어 둔 채
바싹 조였던 허리 나사
느슨하게 풀어놓고
하늘을 향해 펼쳐 보이는 빈 손바닥

나는, 하느님의 말씀도 한 번쯤은
거꾸로 들어 보고 싶었던 사람
끊임없이 숨은 뜻을 의심했고
악의 꽃이 더 향기롭기도 했는데

거꾸로 매달리고 나서야 비로소 들리는
죄 많은 자의 거친 숨소리와
입술을 더듬거리는 부끄러운 변명

\>

푸줏간에 매달린 짐승처럼
한 방울의 피까지 쏟고 나면
나는, 과연 몇 근의 고기로 남을까

터질 듯 벌겋게 부푼 얼굴
거꾸로 매달려 안간힘을 써 보지만
텅 빈 하늘이 너무 무겁다

종심소욕從心所欲

한때는, 하늘 밖 하늘 찾아가려고
높고 푸른 햇무리구름 따라나섰다가
사람 일 막막漠漠함에 질려 돌아오기도 하고

때로는, 수평선 너머 수평선 다시 그어 보려고
이안류 거친 파도 타고 내달리다가
세상 일 망망茫茫함에 지쳐 쓰러지기도 하면서

마음으로 세웠던 비석들은 허물어져
한숨만 켜켜이 쌓인 언덕

성글게 숲을 이룬 나무 아래
순한 짐승들 잠을 청하고
어찌어찌 만든 지번地番 속에 앉아
따뜻한 저녁 한 끼 마주할 즈음
초대받지 않은 손님처럼 찾아온 이순耳順

여행을 떠나거나 귀향을 하거나
변명만 늘어놓는 주정뱅이가 되더라도
늙어 가는 일 모두가 거기서 거긴데

여기, 이순耳順의 강변에서
아득한 기억을 호명呼名하는 사람

사그라지는 석양빛 그러모으고
거세지는 된바람에 옷깃 세우며
다시, 하늘 밖 하늘가에서
수평선 너머 수평선으로

주소住所가 사라졌다

느닷없이 찾아온 정전처럼
도시의 모든 건물이
한꺼번에 주소를 바꾸고
캄캄한 어둠 속에 잠겼다

갈림길마다 이정표를 세우고
도시는 제복의 친절한 안내원처럼
거리 이름과 종점을 일러 주었지만
길은 번번이 어긋났고
막상 찾아간 지번地番도
초행길의 여행자처럼 낯설기만 한데

빌딩들이 이마를 맞댄 까마득한 저 위
기억하던 별자리마저 뿔뿔이 흩어져
도시의 모든 것을 빨아들이고 있는
한 점 블랙홀 아래서 나는,
펑크 난 타이어처럼 주저앉고 말았다

주소가 사라진 나는
유부도 갯벌 도요물떼새를 찾아가

새로운 주소 하나를 등록했다
지번은 없지만 아무도 길을 잃지 않는
광막한 가을 하늘 한편에

제3부

공무도하 公無渡河

남구로역 인력시장 앞 횡단보도
반쯤 남은 소주병 떨고 있다

얼음물보다 더 시린 인연 찔끔거리며
신새벽부터 누구를 기다렸나

기어코, 마시다 만 소주병 내려놓고
허둥지둥 건너가 버린 사람
그곳에서는 좀 평안하신지

일렁거리는 강물처럼
무심한 신호등만 하염없이
빨강 파랑, 빨강 파랑

골목을 접어 놓고 잠시

앙상해진 어깨로 끌고 가는
인생이 무겁다

아내는 죽었고
자식은 집을 나갔다

얌전히 무릎 꿇은 리어카보다도 더
비루鄙陋했던 삶

누구에게는 시간보다도 더
간절한 망각

무심無心이
얼굴을 점령할 때

아무도 묻지 않는다, 나에게
파지破紙가 된 과거를

접어 놓은 골목
한 모퉁이 또 한 모퉁이

다시 펴 가면서

그래도 삶은,
저벅저벅 리어카를 끌고 나선다

레소토Lesotho[*]
—소토족의 나라

원수의 나라에 빈틈없이 둘러싸인 왕국

남부 아프리카 대륙의 지붕 바스트고지高地에 스스로 유배
되어, 외딴섬처럼 하늘에 닻을 내린 후

말레추냐네폭포^{**}를 타고 수시로 하늘을 오르내린다는 바
소토인들, 오늘도 말과 양 떼를 몰고 집을 나서는데

해발 2,000m 눈 쌓인 고지를 오르던 22살의 목동 오마 헤더
오펠라조앙(잘 지내나요)? 키필라하안세(나는 잘 지내요),
둘러쓴 담요 아래 불알 두 쪽 해맑게 웃고 있다

가난한 가장家長들은 자유自由를 팔며 객지를 떠돌고, 아이
들은 자유로 툭툭 사방치기 하거나, 비닐 축구공 만들어 펑
펑 차며 달리는데

양털 담요와 모코로틀로^{***}, 신나게 레트시바^{****} 연주하
며 굼부트춤^{*****}을 추는 바소토인들, 하늘이 서늘하게 깊
어지면

>
모티브****** 안 모닥불도 자유를 태우며 활활

* 레소토Lesotho: 남아프리카공화국에 둘러싸여 있는 내륙 국가.

** 말레추냐네폭포: 고지대인 말레추냐네강에 있는 높이 192m의 직하형 폭포. 서아프리카에서 낙하 길이가 가장 길다.

*** 모코로틀로: 레소토 전통 모자. 국기에도 새겨진 전통 모자는 전통 문화와 민족을 상징함.

**** 레트시바: 레소토 전통 악기.

***** 굼부트춤: 레소토 전통 춤.

****** 모티브: 레소토 가옥. 이 집에서 아기를 낳은 후 석 달 동안 나가지 않아 제2의 자궁이라고 함.

그 사람 이름은 잊었지만*

일요일 낮 12시
한 사내가 무대에 오른다
여유롭게 늙어 가는 원로 배우처럼
성공한 인생 2막 주인공처럼
은근한 자부심이 우러나는 풍채
《전국노래자랑》넓은 무대를 꽉 채운다

아내에게 영상 편지를 보내고 싶소
암이란 놈이 온몸으로 퍼졌다 하오

당당한 사내가 노래를 부른다
불타오르던 막춤들은
찬비 맞은 듯 사그라지고
말없이 구경하던 앞산 그림자
한 무릎 더 다가앉는데
문득, 한 자락 소슬바람 옷깃을 헤집고

피부암처럼 무덕무덕 단풍 지는
산 능선 따라
노래처럼 흘러가는

한 무리 철새

* 〈그 사람 이름은 잊었지만〉: 가수 박건이 노래함(1971).

우리들의 일출日出

경자년庚子年 꼭두새벽
횅-한 도시 한쪽 메마른 언덕배기
초하루 어둠 헤치며 모여든 사람들

몇몇은 지난밤을 꼬박 새웠고
또 몇은 오늘 아침도 바쁘다면서
연신 두 손 비비며
송구스럽게 일출을 기다리지만

먼 산 위 먹장구름 길게 엎어져
늘 그랬듯이,
기약 없는 우리들의 해맞이
복福부터 나누고 본다

회장님! 새해 복 많이 받으세요!
예! 우리 사장님도 대박 나시오!

노인회 조기축구회 향우회, 이런저런 회장님들
순댓국집 편의점 복덕방, 고만고만한 사장님들

\>

번듯한 명함들 자리 비웠으니

우리끼리 눈치 볼 일 없어 좋다면서도

시들한 웃음 메아리도 없어

돌아가는 발길 먼지만 자욱하다

방학은 끝나고 우리는 돌아왔다

시루봉로 6길 방학천 변에 판자촌이 있었다
아파트 단지 그늘에 깔린 다슬기 같은 집들
다저녁, 함석 문이 열리면 미친 그 여자,
문둥이! 오빠! 오리 오리 사랑해!
먼지 나는 길바닥에 뿌려 놓던 촉촉한 말들

메말랐던 개천 바닥에 맑은 물 끌어와
수족관처럼 깔끔해진 방학천
판자촌과 함께 철거된 사람들은
아무도 돌아오지 못했지만

버들치 피라미 붕어가 돌아오고
백로 왜가리 청둥오리도 뒤따르니
물길마다 피라미들 정체停滯가 풀리지 않고
아파트 숲 왜가리는 쉴 가지가 없다

방학천放鶴川, 방학放學은 끝난 지 오래지만
누구에게도 만만한 삶은 다시 오지 않았으니
다저녁인데 도무지 미칠 것 같지 않아
노을 속으로 흩고 마는 한 줌의 꽃잎

볕은 어디에 있을까

스스로를 유폐幽閉시켰던 갈라파고스 이구아나,

끊임없이 볕 좋은 테라스 찾았지만, 아무도 "후래삼배後來三盃!" 권하며 자리 내어 주지 않았다

더 이상 탈피脫皮하지 못하는 피부가 벽이 될 때면, 꼬리로 제 뒤통수를 후려치면서 혀끝에 달라붙는 이름 서둘러 삼켜 버린다

거의 모든 세상일 미생未生이고 미달未達이었는데, 알 수 없는 전쟁터에서 돌아오지 않는 갑옷들

비 오는 포장마차 안주로 누운 과거를 앞에 두고, 자신의 쓸개로 담근 술 한 잔 음미해 보니

부러진 발톱으로 바위를 끌어안고 무작정 버틴, 벼랑 끝 일생

오늘도 갑옷을 벗지 못한 채 아무렇게나 잠이 든 이구아나, 비늘 벗겨진 등 위에 파리 몇 마리 악몽처럼 붙어 있다

사장님 돈은 언제 버나요

선지해장국 양푼비빔밥 떡만둣국: 4,000원
소주 막걸리: 3,000원
밥 김치: 무한 리필

도깨비시장 근처, 짱나라 해장국집 새벽은 얼큰하다 어떤
탁자는 빈병을 섬기며 졸고 있고 어떤 탁자는 아직도 술잔이
바쁘다 누군가는 술잔 속의 밤을 비워 냈고 누군가는 또 술잔
에 아침을 따르고 있다

이제 지갑도 술 욕심도 쪼그라든 늙은이들, 해장국 한 그
릇 술 한 병 앞에 놓고 두어 시간 목청만 높인다 그래도 탓하
는 사람 없다 사장님 가끔 식은 국물 데워 내놓을 뿐

짱나라는 여자 손님도 많다 아줌마도 아가씨도 몇 순배 술
이 돌고 나면 방전되었던 하루가 다시 반짝반짝 네온사인처
럼 빛이 들어온다

짱나라의 진짜 단골은 알바생이 데려온 백수 친구, 코로나
에 급소를 가격당한 태권도장 관장, 없어진 잔업 대신 밤늦
게 투잡을 뛰고 오는 인생들……, 밥을 고봉으로 퍼 나르고

김치를 몇 번씩 리필해 간다

　사장님 돈은 언제 버나요, 다른 집은 해장국 한 그릇 원가
따지고 밥 한 공기마다 꼬박꼬박 돈을 받는데

　밑지지는 않으니 걱정 마시오, 비빔밥에 푸짐하게 나물을
얹고 있는 사장님, 추운 겨울 아침을 뜸 들이고 있는 무쇠솥
처럼 크고 따뜻하고 배부르다

헝클어진 비린내

새벽에는 운동 삼아 신문 돌리고
저녁에는 식당에서 고갈비 구우며
짓궂은 술손님 비릿한 농담도
가볍게 받아넘길 줄 아는
오늘도 알바 나간 그 여자
냉장고가 비었거나
밀린 청구서 때문이 아니다

철수네 선행 학습이 불안하고
영희네 원어민 영어가 부러워서
새 과외 선생님 만나고 나니
이제 거의 다 온 것 같아서
바로 저 언덕 너머인 것 같아서
암표暗標 한 장 구한 듯 든든했는데

늦은 밤 아이가 짊어지고 온
무거운 침묵을 받아 들면서
다시 또 불안해지는 내일
헝클어진 비린내 가시지 않는
그 여자의 꿈자리

덕담德談

찬비에 속절없이 허물어지는
저 화환은,

고개 숙인 가장家長의 밥상머리에
아랫목 깊이 묻어 둔 슬픔 꺼내 올리던
누이의 어두운 하품인지 모르겠다

패색敗色 짙은 바둑판 위
버려진 돌같이,

골목마다 웅크린 채
묵묵히 비를 견디는 간판들
절벽처럼 깜깜한 셔터 두드리다
제풀에 스러지고 마는 네온사인 불빛

텅 빈 수족관처럼 휑뎅그렁한 술집 앞
빗물에 흠뻑 젖은
덕담 한마디

돈 세다 잠드소서!*

* 개업식 축하 화환 리본에 흔히 쓰는 말.

나방파리 너처럼

기척도 없이 화장실에 숨어든
칙칙하고 눅눅한 게릴라들
반드시 박멸해야만 하는 도발처럼
보이는 족족 소탕전이 벌어지는데

책을 읽다 흘낏 눈에 띄면
휴지 한쪽 찢어 꾹꾹 눌러 버리고
폴짝폴짝 빠져나가는 놈은
급한 김에 그냥 맨손바닥으로 탁,
때려잡기도 하면서

몇 차례 손짓으로 상황은 종료되고
아무 일 아니라는 듯 책을 펴며
다음 페이지를 찾는다

열흘 남짓하다는 너의 일생 따위
무심히 치워 버리고 마는
냉혹한 청소부를 자처하지만

얼떨결에 살다 느닷없이 맞는

죽음 앞에서

나방파리 너처럼 나 또한

말없이 스러지는 아무개일 뿐

왜가리는 왜 목이 휘었는가

이 마을에 장가들어 사십 년이 다 되도록
강江의 이야기 제대로 들어 본 적 없었다 때때
로 바닥을 긁어내고 보洑를 쌓을 때도 아무도
강에게는 물어보지 않았다

멀리 외진 절벽 위
차라리 울기라도 하지, 울먹울먹
끝내 말을 못 하는 저 왜가리

휑—한 하천부지 철거당한 집터에
황망히 봇짐 몇 개 꾸려 놓고
철부지 어린것들 기다리시던 어머니

아이들 나고 자란 이곳에서
따뜻한 밥 한 끼 더 먹였으면
쩔쩔 끓는 아랫목에 발 모으고
하룻밤 더 달게 재웠으면

속절없이 무너져 내리는 계절처럼
유빙들이 흘러가는 강가에서
갈 듯 갈 듯 끝내 떠나지 못하는
저 왜가리

오래 재워 둔 울음

하염없이 텅 빈 집터만 바라보다 그만,

목이 휘고 말았다

우수雨水

축제는 끝났다
손끝의 전율도, 뜨거운 환호성도
텅 빈 낚시터

송어 몇 마리
춥고 배고파 졸고 있는데 문득,
바람 속에 흐르는 먼 강물 소리
걸레처럼 해진 지느러미 곧추세운다

술렁술렁 둑을 밀어내는 얼음장
견고한 저수지가 허물어지고 있다
조금씩 조금씩 그러다 순식간에,

얼어붙었던 하늘이 녹아내리는
오늘은 우수雨水

송어 몇 마리
아직 살아남았다

아랫도리만 남았다

와락, 하늘을 잡아채 쭈─욱 그어 내린 단 한 칼의 구호口
號가 온 산을 뒤흔들었다

이 골짝 저 산골에서 몰려나온 수천수만 갈래의 함성이 하
나로 거대한 고*를 엮어

큰 바람 등에 업은 파도처럼 도도하게 밀어붙이고 밀어붙
이고 다시 한번 더 밀어붙여

기어이 봇물처럼 터져 내릴 때, 한 폭의 장엄한 걸개그림
이라 믿었다

얼떨결에 많은 것이 무너졌고 더러는 새로이 일어섰지만

본디 물이었고 다시 제 물길을 찾아 나선 물은

그냥 그렇게 잊혀졌다

물 빠지자 비로소 드러난

구호口號의 거친 아랫도리만 껄떡거리며 나댈 뿐

* 고: 고싸움놀이를 위하여 만드는 '고'.

그리고 아무도 없었다

효순이를 살려 내라! 미선이를 살려 내라!

협상 무효! 안전한 밥상 지키자!

진실을 인양하라!

이게 나라냐!

내려와라 박근혜!

사람이 먼저다!

윤석열 퇴진! 조국 수호!

나라가 네 거냐!

문재인 내려와!

......

>
사람들이 빠져나간 광장에는
찢어진 구호 한 조각 펄럭일 뿐
그리고 아무도 없었다*

* 『그리고 아무도 없었다』: 아가사 크리스티의 추리소설.

어둠의 자리

—전등사에서

거칠 것 없이 세상을 내달리던
제국의 정복군征服軍조차
끝내 말(馬)을 멈춰야만 했던 강변
수만 볼트 고압전선을 거느리고
거대한 송전탑이 우뚝 섰다

김포 대곶에서 강화 길상으로,
거친 염화강을 단숨에 건너
마을을 점령하고 공장을 접수하고
시인의 낡은 책상마저 짓밟은 후

오래된 산사山寺 처마 끝
아득한 별빛마저 걷어 내고
휘황한 등燈을 내거니
밝은 빛에 갑자기 눈들이 멀었는가

불교대학 템플스테이 산사축제 백일기도……
해방군이라도 맞이한 듯
즐겁게 등은 늘어만 가니

\>

여기 가장 깊은 어둠의 자리

옥등玉燈으로 전하신 그 마음자리

깜박– 깜박–– 꺼질 듯,

이제 곧 꺼져 버릴 듯

사랑은 카드Card가 안 되네

—즉시현금 갱무시절卽時現金 更無時節*

2021년 1월 18일 오전 서울역 광장
흰 눈이 펑펑 내리고 있었다

너무 추워서요, 커피 한 잔만 사 주세요
철 지난 수면 바지에 홑겹 군복 상의
구겨 신은 여름 운동화로 눈밭을 종종거리는,
노숙인 어깨에 자신의 방한 외투 걸쳐 주고
손에 낀 장갑과 오만 원 권 한 장 쥐어 주고는
총총 사라지는 그를 보면서 나도,
주머니 뒤졌더니 달랑 신용카드 한 장뿐

오늘, 밥도 커피도 차비도 카드로 해결했으나
보잘것없는 사랑 하나 신용카드가 안 되네

* 즉시현금 갱무시절卽時現金 更無時節: 임제 선사의 어록. 바로 지금
이지 다시 시절은 없다는 말.

옛길을 마시다

장맛비 추적대는 쌍문 옛길
장수풍뎅이 비틀거리며 걸어가고 있네
고이 숨긴 속 날개 빗물에 젖고
방울방울 맺힌 뿔 너무 무거워
점점 더 기울어지는 고개
취한 몸 기어코,
가로등 아래 무너지고 마네

함경도를 오가던 큰길* 조각조각 잘려 나가
겨우 남은 옛길 한 토막
우화羽化를 멈춘 채 잠들고 말았네
어디 먼 고장 읍내 삼거리처럼
미장원 부동산 순댓국집 간판은 바래 가도
길을 벗어난 사람들 돌아오지 않네

언제 끝날지…… 다시 거칠어지는 빗발
늙은 풍뎅이, 삭정이 같은 뿔 치켜세우고
끈질긴 장맛비 온몸으로 가르고 섰네
안간힘을 다한 필생의 호령號令마저
딱딱한 껍질 안에 갇혀
자꾸 속울음만 키우고 있네

* 경흥대로: 조선 시대 한양과 함경도 경흥을 이어 주던 주요 교통로.

사랑은 액셀인가 브레이크인가

도봉산 선인봉만큼 우람한 남자
하지만 목소리가 너무 수줍어
가벼운 인사말도 우물거리고 마는 남자

유휴지 잡초밭에 발이 묶인 중기重機처럼
오늘도 집에 갇혀 말없이 삭아 가는 남자
그래도 담배는 끊지 못해
시간마다 10층에서 내려오는 남자

아파트 거실에 공부방 열고
초등학생들 가르치는 여자의 남자
참새처럼 바지런한 그 여자의 엄마에게
지청구 들어 가며 함께 사는 남자
일요일마다 2002년산 뉴EF소나타로
장모님 모시고 성당에 가는 남자,

아내가 경차經車를 뽑았다
며칠 후 뒤 유리창 가득 큼지막하게
스티커가 붙었다

\>

극한초보

지금까지 이런 초보는 없었다

이것은 액셀인가 브레이크인가

고독을 운명처럼*

올빼미,
홀로 앉아 있다
거친 발톱으로 앙상한 가지 쓰다듬다
고요히 뒤돌아보면
들쥐 몇 마리 그만
황금동전 같은 눈(眼) 속에 묶여 버린다

이곳의 외로움과 어울리고자
낮을 피해 밤을 좋아했으며
모르는 척 살피는 눈길 피해
갈색의 깃털 속에 몸을 웅크리고
고갯짓조차 조심스럽게
기척 없이 머리를 돌리곤 했다

이 땅에 빌붙어 살아가는 죄
갚고 또 갚아도 모자라는 빚이었으니
삭이지 못한 뼛가루 토해 내며
다시 또 묵묵히 밤을 기다릴 뿐

이윽고, 깜깜한 어둠 속으로 몸을 날리면

소리 없는 죽음 뒤를 따르고
멀리 검은 능선을 배경으로
운명처럼 내려앉는 슬픔 하나

올빼미, 고독을 운명처럼
오늘도 별이 빛나는 밤을
홀로 날았다

* 고독을 운명처럼: 니체의 시구詩句.

닫힌 세계를 여는 마음 작용

—이효정, 『말로는 그랬으면서』

김효숙(문학평론가)

　이효정 시인은 불소통과 불화를 소통과 화해로 바꿔 나가
는 마음 작용들을 고안한다. 가까이는 이웃, 멀리는 인류에
까지 관심의 파장이 닿는다. 소소한 일상과 사람과의 관계를
소중하다 여기는 시인에게 타자는 외부자이기만 한 것이 아
니라 그의 삶을 구성하는 막강한 힘이다. 이렇게 쓰면 이 시
인을 평화주의자나 도덕군자로 오해할지도 모른다. 이효정
이 평화와 윤리를 말하는 시인임에는 틀림이 없으나 그것을
관념으로만 실어 내지 않아서 남다른 면모를 지닌다. 그는 공
허한 말을 함부로 발설하지 않으며, 말의 쓰임새와 침묵의 필
요를 조화롭게 운용하면서 타자 이해의 지점을 열어 놓는다.
　시인이 시인일 수 있는 까닭은 그가 이 세계에 말을 걸고,
귀를 기울이며, 그러한 소통의 계기를 언표하는 자여서다.
이 세계는 질문도 답도 없이 무심하게 놓여 있으나 시인은 유

심한 풍경을 내걸면서 말을 한다. 마음을 방목하면서 낭만 감정으로 타자를 만나는 시인과, 사랑을 실천하면서 이해와 나눔의 윤리로 그것을 입증하려는 시인의 자세는 다르기 마련이다. 이효정은 자기 바깥 존재자의 삶을 돌아보면서 동시대 같은 공간에서 살아가는 이들의 삶에 낮은 자세로 참례한다. 이것이 직접적인 교감이나 소통의 방식이 아니라 해서 그의 활동이 가장된 것이 아니다. 완전한 교감과 소통의 원천적 불가능성에도 불구하고 그는 타자를 지향하면서, 함께 살아가는 삶에서 서로 나눠야 할 덕목들을 생각한다. 때문에 이효정에게 타자는 주체를 일깨우는 장본인으로 언제 어디서나 변함없이 소중하다.

이 시집은 세속에서 때가 낀 가치들을 물리고 공동체 안에서 화평을 조성하는 사랑의 말들로 채워져 있다. 부단히 말해 왔으나 여전히 말해야 할 자유 · 사랑 · 관용의 계기들이 시집의 내용을 이룬다. 아픔과 결핍의 경험을 회상하는 인물도, 소중하다 여기는 것을 박탈당하지 않으려는 타자를 존중하는 인물의 내심에서도 물리적으로 제동을 걸 수 없는 공감대가 펼쳐진다. 이효정은 등단 절차만 놓고 보면 시 바깥의 사람이지만, 그간에 열중해 온 시적 수행으로 이 시집을 출간하면서 당당하게 시인-되기의 과정에 진입했다. 시인 앞에 가로놓인 '등단'이라는 제도의 절대성에 매이지 않고 독자적인 길을 가기로 한 것이다.

1. 우회 화법에 담긴 은근한 진실

이효정 시에서 어떤 이의 사랑은 성聖과 속俗의 접경에 놓인 위험성으로 타자에게 비친다. 특히 딸을 둔 부모의 경우라면 이들에게 전해 오는 위험과 달리, 사랑에 빠진 자는 비밀을 성역화하면서 사랑을 돈독하게 다진다. 타자에게 노출되는 순간 세속화한 사랑 서사가 유통될 것이기에 발설되지 않을 공간에서 성스러움을 지속하려는 은밀한 노력으로 사랑을 유지한다. 다음 시에서처럼 서른아홉 살 난 딸이 방문을 닫아거는 사건이 좋은 예다. "때늦은 사랑"에 빠진 딸은 밤늦게 귀가하여 말없이 방문을 닫아건다. 사랑에 빠진 자는 그것을 비밀에 부치려 하고, 사랑을 승인해 주는 말이 아니라면 귀마저 닫는다. 대화를 중단한 딸의 외부자가 되어 버린 부모도 덩달아 말을 잃는다. 문제 발생의 지점으로 침투하지 못한 채 물러서서 문제의 지점을 눈치 보면서 당황스러워한다.

밤새고 돌아와 말도 없이
제 방문을 닫아 버린 딸아이
때늦은 사랑 어쩔 줄 몰라
스스로를 유폐幽閉시킨 서른아홉

이대로 돌아서면 한동안,
어쩌면 영영 서먹해질 것만 같아
보지도 않는 채널 돌려 가며

열리지 않는 문 앞에서 맴을 도는데

함께 따라온 매서운 바람이

온 집안을 꽁꽁 얼리고 있다

식은 음식 다시 또 데워 놓고

슬그머니 사라진 아내 찾아보니

무릎 꿇고 기도 중이다

그냥 지켜보자고

별일 아닌 것처럼 무심하자고

철없는 남편에게 당신,

말로는 그랬으면서

—「말로는 그랬으면서」 전문

사랑이 '감정'인 것처럼 당황스러운 자세도 감정이 표면화
한 현상이다. 사랑의 온전성은 그것을 비밀스럽게 집행함으
로써 성스러움을 유지한다. 멀치아 엘리아데가 『성聖과 속俗』
에서 썼듯이 캄캄하고 좁은 오두막이라 할지라도 성소일 수
있는 것은 닫힌 환경이 내밀성을 보장해 주어서다. 문밖의 부
모도 선험자로서 그것을 익히 잘 알기에 타자—되기로 딸을
위해 '사랑'이라는 이름으로 연합한다. 사랑은 이렇게 로망스
를 세습하고 그것을 지켜 주면서 성스러운 자리로 올라선다.

딸을 위해 기도하는 어머니의 자세에서 사랑의 성스러움
이 암묵적으로 배어난다. 간절한 마음을 숨길 수 없으나 숨

겨야만 하기에 가만히 "무릎 꿇고 기도"를 올린다. 무심하게 지켜보자고 남편에게 말한 것과 달리 그녀는 정작 유심하다. 마음을 닫아걸 딸에게 전하지 못한/못할 말을 간절한 기도의 말로 우회한다. 아버지가 자신을 "철없는 남편"으로 자조하는 마음에도 권위 체계를 내려놓은 너그러움이 내재한다. 그는 눈에 들어오지도 않는 티브이 채널을 뒤적거리거나, 문을 잠가 버린 딸의 방 앞을 서성거린다. 위험과 아름다움 사이를 왕래하는 딸의 유폐 감정에 대하여 말하는 이 시는 사랑의 속성인 성과 속의 접경을 생각게 한다. 오직 당사자만 축조할 수 있는 사랑의 성역과, 그 바깥에서 염려를 보태어 기도하는 어머니와 걱정이 많은 아버지의 태도는 사랑의 역사를 이뤄 가는 한 가족의 모습을 고스란히 담아낸다.

이효정 시에서 가족은 이렇게 피차 침범할 수 없는 고유성의 존재들이다. "별일 아닌" 일로 돌려 버릴 수 없을 만큼 심상찮은 일들이 중첩하지만, 그것을 별일 아닌 것으로 바꿔 나가는 가족 구성원의 노고와 '마음 씀'으로 모든 별 일들은 "생애 전환기"의 증표로 자리매김한다. 이러한 긍정의 힘 덕분에, 가족이라는 이름으로 연합한 구성원에게 닥치는 난관들은 "살다 보면 그럴 때가 있"(「그럴 때가 있다」)는 일과성 사건으로 전환한다. 이러한 점은, 새 한 마리가 전깃줄 위로 날아와 앉자마자 이미 와 있던 새마저 "바람도 없는데/ 함께 흔들"(「동반」)리는 공동체 의식으로 도약한다. 이효정 시는 동반자로서의 가족 개념에서 출발하지만, 거기에 구속당한 존재자가 애면글면하는 모습을 그리지 않는다. 상대방의 안전과 화평을 기원하는 덕목을 일깨우면서 가족 구성원에 대한 참례가 간섭이 아니기를 바란다. "말로는 그랬으면서" 말과는 다른 내심이 있음을, 그것이 혈연이 품은 진정한 마음임을 전한다. 무심한 듯 딸을 지켜보자고 말한 것과 달리 간절하게 기도하는 아내의 자세에서 화자가 자신을 향한 깊은 배려, 딸에게로 향하는 세심한 마음 씀을 읽은 것처럼, 가족 구성원은 누구나 걱정을 안기지 않으려 남모르게 고투한다고 시인은 쓴다.

회상은 기억하기의 한 방식이다. 기억은 인간에게 비가역적인 시간을 운용하는 유일한 방법일지도 모른다. 일흔 살에 돌아가신 아버지와의 동일화가 어느 날 문득 창유리에 어린 자신의 모습에서 이뤄지기도 하고(「창밖에 일흔이」), 때때로 현몽하는 아버지 덕분에 당신이 돌아가신 나이에 다다른 자신을 실감하게 된다(「슬픔은 동물의 것이다」). 빵과 우유를 아들 몫으로 챙겨 두고 방직기계를 돌리느라 여념이 없었던 어머니의 노고를 회상하면서 빵을 사 들고 귀가하여 당신을 불러 보지만 이러한 행위는 부재의 실감을 높일 뿐이다(「빵집」). 이렇게 기억하기의 실패가 끝없이 기억을 환기하는 방식으로 이효정은 과거를 만난다. 그럴 때 시인이 간과하지 않는 윤리는, 자신과 아내의 목숨값이 거저 주어진 것이 아니라 자동차 사고에 도움의 손길이 닿았던 "장인어른"(「경계境界」) 덕분이라는 것. 망자도 공동체의 일원으로 참여하여 보이지 않는 도움의 손길을 뻗친다는 것. 이것이 이효정 시에서 성스러운 가족의 표상이며, 속악한 세상에서 위험을 물리면서 살아갈

수 있는 주효한 힘으로 작용한다.

2. 멍한 눈빛의 효과

　이효정은 이 세계의 어떤 국면이나 사물들을 독특한 방식
으로 통찰한다. 대표적으로 「가만히 멍」 연작시 여덟 편을 들
수 있다. 이 시에 출현하는 인물들은 보고 있으나 보지 않으
면서 비-장소를 조성하는 멍 때리기(space out)의 화신들이
다. 업무가 과중할수록 번아웃도 빈발하지만, 게으른 사람
이나 빠질 법한 비생산적인 행위가 멍 때리기라는 관념을 이
효정은 넘어선다. 그저 망연히 바라보는 어떤 눈길들을 통해
사고 능력에 과부하라도 걸린 듯한 정황을 이미지화하는 것
으로 시를 마무리하지 않는다. 생각을 전담하는 대뇌의 용량
을 초과하는 지식 정보 사회를 살아가는 현대인의 번아웃 상
태를 일깨우는 것으로 그치지 않는단 얘기다. 시적인 진실은
다른 곳에 있다.
　초를 쪼개는 기계의 시간이 일상을 끌고 가는 이 시대에 멍
때리는 이들은 과연 비생산적이기만 한가라고 시인은 묻는
다. 인물들은 마산항 · 전등사 수각 · 가을 코스모스 · 아궁이
불 · 63빌딩 · 벼 · 달고나 · 먹 가는 소리에 망연히 시 · 청각
을 열어 두고 있다. 멍 때리기의 진수를 보여 주면서 아무런
수행도 하지 않는 자세, 즉 '가만히 있음'의 자세에 시인은 어
떤 의미들을 감춰 둔다. 가시적인 현상에서부터 소리의 작용

까지, 촉각을 제거한 시각과 청각으로, 게으른 자의 자세인 것 같으나 할 일이 없지는 않은 자세가 단지 바라보기의 차원에 머물지 않는다. 시인은 멍 때리기의 비생산성이 생산성으로 바뀌는 계기와 그때의 마음이 어떠한 사건과 접속하면서 작동하는지를, 저렇듯 흔연히 생각을 놓아 버린 자세가 아련하게 생산성을 유발하는 아이러니를 펼쳐 낸다.

　말하자면 이것은 일점―點 중심의 시각화를 벗어나 객관화하는 곳을 보여 주는 시적 방법론이다. 집중하여 모든 것을 보아 내려 하지 않고 시선을 흐릿하게 방임하는 분산 효과로 이 세계를 보아 내려는 마음 작용이다. 역설적이게도 이와 같은 바라보기로 이 세계가 가시화하고, 시각화의 실패 때문에 문득 사물의 존재 이유를 보게 된다. 인간에게 바라보기는 매번 일어나는 운동이고, 몸이 현재와 과거를 결합하면서 시간을 분비한다는 메를로퐁티의 사유를 이때 참고할 수 있다. 하지만 광폭의 시각을 가질 수 없기에 카메라의 화각처럼 제한적으로 이 세계를 눈앞에 두게 되는 우리로서는 세계의 어떤 국면도 명징하게 보이지가 않는다. "공허한 선험적인 시선"으로 바라보면서 이전의 지식으로 지금의 현상을 해석할 수 있을 뿐이다.

　　버림받은 도시를 위해
　　멀리 바다가 보이는 모래섬에
　　기도하는 손을 세웠다

만연체의 긴 문장으로 흘러가던 물결 위에

지푸라기 나뭇가지 헝겊 쪼가리 모아

모래 진흙 물거품으로 반죽을 개고

황금빛 껍데기로 마무리한 손

노을을 배경으로 경건하게 모은 손끝으로

도시의 소란은 물안개 되어 피어오르고

욕망이 굳건히 뿌리 내린 손목 아래서는

가오리와 가장假裝 인어가 어울려 춤을 추었다

이제 옛 주인은 몰락하였고

찬란했던 기적奇蹟의 이름도 퇴색하고 말아

지나던 구름과 바람이 기념비를 증언할 뿐

세계불꽃축제의 밤

빈손에 어룽거리는 눈물을 보며

가만히 멍, 때리다

휙— 허공을 베는 한 자락 칼날

잘라라 기도하는 그 손을!

　　　　　　　　　　　　　　　　—「가만히 멍 5」 전문

　이렇게 화자는 시선을 텅 비워 두고 맹점을 만든다. 아무
것도 바라보지 않는다는 식이지만 정작 그곳이야말로 의미

가 맺히는 지점이다. 하나의 상이 맺히는 집중화를 벗어나 관념의 열림을 꾀하는 화자의 시선을 따라가다 보면, 볼 수 없는 곳을 보는 데 기여한 것이 맹목이 아닌 선험적 시선임을 알게 된다. 현상 너머의 선험적 사건들이 화자의 기억을 점령하고 있어서 그것이 지금의 현상을 해석하는 지점으로 작용한다. 화자는 지난 시대에 건축한 초고층 63빌딩과 이 건물을 배경으로 해마다 열리는 "세계불꽃축제"의 밤을 관통하는 슬픔을 감지한다. 시인의 주석을 참고하여 시를 읽으면, "황금빛 껍데기로 마무리한 손"은 "기도하는 손"의 상징이다. 표면은 황금빛으로 반짝이지만, 내면은 "지푸라기 나뭇가지 헝겊 쪼가리 모아/ 모래 진흙 물거품으로 반죽"한 것으로 세운 개발 시대의 끝판왕이라 할 만한 마천루다. 한강에 기적을 일궜다며 찬양했던 전후戰後의 발전 가도에 저 빌딩은 "기념비"로 우뚝 서 있다.

그러나 시인이 말하고자 하는 바는 정작 다른 데에 있다. 그는 가진 것을 모두 잃고 빈손으로 시작한 시대인들이 두 손 모아 염원했을 것에 대해서는 직접 언술하지 않는다. 파울 첼란의 시 「빛의 강박」을 인용하면서 그 손을 자르라고 일갈한다. 기도하는 손의 상징성을 폐기해야 하는 이 상황은 무엇을 말하려는 것일까. 말할 수 없으므로 주석을 달아 암묵적으로 언표하는 여기에 말 못 함의 진실이 숨어 있는 듯하다. 그것은 시인이 또 다른 시 「혹 쿠오퀘 트란시비트Hoc quoque transibit」(라틴어, 이 또한 지나가리라)에서 시대적 기호로 촘촘하게 배치한 '사사오입 개헌 · 5 · 16 …… 삼청교육대 · 6월

항쟁·IMF 구제금융' 같은 또 다른 거대사와 연루되어 있는 것으로 보인다.

닫힌 역사를 열어 그 안에 감춰진 것을 알아내려는 염원, "기도하는 그 손"에 마음을 담아 하늘까지 닿도록 기념비를 세운 시대의 슬픔, 그리고 화자의 "빈손에 어룽거리는 눈물"이 저 마천루를 바라보면서 멍 때리는 시간에 흘러내린다는 사실. 이들이 모두 어떤 시대적 징표와 연루되었다는 감을 안긴다. 연작시 여덟 편은 이렇게 가만히 멍 때리는 상황에서의 세계 읽기와 감각으로 천 년의 시간을 왕래하고, 가녀린 코스모스에서 대우주를 보며, 아궁이 불의 허기진 화력에서는 생애에 쌓인 업을 통찰한다. 젊은 주검들이 묻혔을 예전의 전장에서는 지금 벼 이삭이 평화롭게 너울대고, 조심스럽게 바늘 침을 놓아 떼어 내려 했던 아동기의 '달고나' 문양은 달콤 씁쌀하게도 실패와 성공을 더불어 예감케 하는 짜릿한 경험이었다. 나아가 먹 가는 소리가 "마음 가는 소리"로 들릴 만큼 정신이 고요해지는 시간까지를 시인은 멍 때리는 경험 안에서 수행하고 있다.

3. 박탈하기 어려운 가치들

앞서 인용한 시에서도 보았듯이 이효정은 내면 성찰을 넘어 사회로 확장하는 자아를 시화하는 일에 열정을 쏟는다. 시적 자아는 고인 물 같은 아포리즘 생산에만 집중하지 않는다.

실존 문제를 간과하지 않으면서 우리가 놓쳐 버린 정신을 일깨운다. 사리에 맞거나 틀리거나를 기준으로 현실을 이끌어 내지 않고, 삶의 성패를 결정짓는 물질로부터 정신을 추출하여 물성으로 가득한 이 세계의 '마음 없음'을 성찰한다. 물질의 본성을 망각할수록 행복한 감정을 간직할 수 있는 것은 틀림없는 사실이다. 그렇지만 시인은 모든 습관적인 안정감과 편의 위주의 평화 상태로부터 돌발하는 세계관을 가진 자다. 이효정이 살펴 나가는 현실태들은 가상화를 거부하는 정신을 엄연히 거느린 채 우리의 마음을 두드린다.

다음 시에서처럼 자유·해방에 대한 감각은 추상에 머물기 쉽지만 인간은 이것을 지금 당장 거머쥐려는 듯 투쟁한다. 인간의 역사를 관통하는 키워드 중에서 자유와 결부된 의지보다 크나큰 관념이 달리 있을까라는 의문 속에서 이 문제는 불거진다. 인간이 쟁취하려는 자유의 범위가 한량없는 만큼 부자유도 동등하게 삶의 조건이다. 보이지 않는 속성 때문에 자유는 추상적으로 이상화하지만, 그렇기 때문에 더더욱 움직일 수 없는 목표로 정립된다. 아래 시에서 시인이 주목한 자유는 거시적인 부자유가 유발한 것이다. 그것을 일상의 방식으로 풀어내면서 소수민족이 구가하는 삶의 정치를 사유한다.

　　원수의 나라에 빈틈없이 둘러싸인 왕국

　　남부 아프리카 대륙의 지붕 바스트고지高地에 스스로 유배

되어, 외딴섬처럼 하늘에 닻을 내린 후

말레추냐네폭포를 타고 수시로 하늘을 오르내린다는 바소
토인들, 오늘도 말과 양 떼를 몰고 집을 나서는데

해발 2,000m 눈 쌓인 고지를 오르던 22살의 목동 오마 헤더
오펠라조앙(잘 지내나요)? 키필라하안세(나는 잘 지내요),
둘러쓴 담요 아래 불알 두 쪽 해맑게 웃고 있다

가난한 가장家長들은 자유自由를 팔며 객지를 떠돌고, 아
이들은 자유로 툭툭 사방치기 하거나, 비닐 축구공 만들어 평
펑 차며 달리는데

양털 담요와 모코로틀로, 신나게 레트시바 연주하며 굼부
트춤을 추는 바소토인들, 하늘이 서늘하게 깊어지면

모티브 안 모닥불도 자유를 태우며 활활
                                        —「레소토Lesotho」 전문

적국에 포위된 남아프리카의 어느 고산지대인들의 얼굴
에서 해맑은 웃음을 본 경험을 쓴 시다. '부자유'라는 잠금장
치가 젊은이들의 해맑은 웃음으로 열리는 이 장면은, "원수
의 나라"에 둘러싸였다는 지정학적 조건이야말로 관념일지
도 모른다는 인식을 안긴다. 주변국과의 갈등이 그들 삶의

조건이 되었다고 믿는 결정론자라면 청년들 웃음의 의외성이 의당 놀라울 것이다. 여기서 시인은 가난을 천형으로 여기지 않는 자유·방랑·축제·놀이 감정으로 저렇듯 무겁게 내면화되어 있는 원수 개념을 전복한다. 서로 평화롭게 안녕을 묻는 것 같지만 청년 목동들이 처한 실존은 해발 2,000미터의 눈 덮인 고지, 담요를 둘러쓰고 말과 양 떼를 돌보아야 하는 조건에 매여 있다. 그런데도 시인은 그들의 웃음을 "바스트고지高地에 스스로 유배"된 선대의 자발적인 선택으로 돌리면서 그 웃음의 이유를 해명한다.

바소토인의 생존 조건은 적성국에 둘러싸여 살아가는 것이다. 그런데도 그들의 안녕과 자유는 공동체와 동료 의식이 있기에 구축된다. 추위와 위험을 나누면서 공존하고, 하나같이 가난하더라도 비교 우위의 구성원이 없기에 그들은 서로 평등하다. 소유물이 적고 빈한할수록 유랑의 잠재성도 언제든 열려 있는 자유로 전환한다. 시인은 이렇게 매인 것 없는 실존과 자유라는 추상이 같은 값이라는 점을 확인하면서, 함께 어우러져 살아가는 사람들이 공유하는 가치들에 대하여 쓴다. 자유란, 개별자의 무한 자유만으로는 그 의미를 다 말하기가 어렵다고 보고, 자신의 자유를 지켜 주는 타자와의 아름다운 관계성 안에서 그것을 생각해 보도록 권유한다. 타자와 함께하는 삶을 고민하고, 자신의 어리석음과 불충을 탓할지언정 상대방의 공로와 마음 씀을 격하지는 않으며, 배려와 존중, 보살핌과 관용 같은 덕목이 인간관계에서 교량이 되어 주도록 말이다.

자유는 늘 선택의 문제를 동반한다. 선택적인 자유는 부단히 주체의 결단을 요구한다. 스스로 선택한 자는 무한한 자유의 화신이 될 것이나, 책임은 어디까지나 스스로 져야 할 엄중한 무게를 지닌다. 그러나 그것이 제아무리 막중하다 할지라도 함께 어우러져 일상을 축제로 바꾸면서 그 무게를 덜어 낸다는 데 이 시의 존재 이유가 있다. 자유란, 실존의 무게를 풀어내고 덜어 내는 실천의 다른 이름이며, 타자의 안녕을 서로 물으면서 안위를 지켜 주는 동료 의식 같은 것임을, 그렇게 함으로써 서로를 해방시키는 삶의 법칙 중 하나라고 시인은 쓴다.

나아가 시인은 "따뜻한 밥" 한 그릇이 그러한 다리 역할을 해 줄 때를 상상한다. "밥상머리에 당신을 불러" 앉혀 속세의 잠음을 물린 채 맑은 종소리를 들을 날을 말이다("종소리를 긁다」). 자신이 평생 누려 온 풍요로움이 정작 빌리고, 구걸하고, 도둑질한 것이었음을 깨달았을 때(「막잔蓋」)의 핵심 내용은, 자신의 소유물은 본래 없었다는 점이다. 그것이 전적으로 자신의 노력에 따른 산물이기보다 타자의 수고를 힘입어 나의 것이 된 것이라는 각성이 그를 흔들었던 것이다. 차용증도 없이 써 없앤 것들이 문득 자신의 소유가 아니었음을 깨달으면서 시인이 내려다보는 "거친 손바닥/ 잔금"(「나목에서 고목으로」)에는 세월의 흔적만이 스러질 듯 끊길 듯 어른거린다고 그는 쓴다.

이 시집에는 선문답 같은 질문과 답변 형식의 시들이 편재해 있다. 시인에게 삶이란 그동안 온갖 질문을 품고 건너온

것이지만 답이 없는 미망만을 안겼다. 이제야 실마리를 찾아
낸 자의 자의식으로 시인은 그간에 품었던 자문자답을 이 시
집에 풀어놓는다. 성취하는 것 없이 목적지만 향해 갔던 삶
이 "주렁주렁 피딱지로 맺혀"(「운주사 가는 길」) 있다는 발견이야
말로 시인이 걸어온 상처투성이 삶의 징표다. 정좌한 부처만
숭앙한 젊은 날에는 보지 못했던 "눈 감은 석불"과 "하늘 보
고 누워 편안하신 부처", 즉 몹시 연약해진 부처도 이제야 비
로소 볼 수 있게 되었다. 시집의 3부에는 죽음에 얽힌 사유가
특히 두드러지는데, 그것이 관념을 넘어 체험으로 곧장 이어
진다. 예컨대 역자세로 매달려 푸줏간의 고기 신세를 자처하
면서 인간 몸의 고유성을 몇 근의 고기로 환산해 보는 경우
가 대표적이다(「거꾸리」). 옆구리에서 피를 쏟으며 죽어 간 나
사렛 사람을 떠올리면서 모든 주검을 몇 근의 고기처럼 무게
로 환산하여 처리하는 물질계를 짚어 내는 것도 그러한 작업
의 일환이다.

　누구에게나 삶은 만만치가 않다. 이효정이 쓴 삶의 진경은
개인의 발화이지만 거기에만 머물지 않는다. 누구에게나 내
재한 보편 정서를 다시금 환기한다는 데 이 시집의 의미가 있
다. 오래 살아온 자가 후세들을 앉혀 놓고 계몽의 말씀을 들
려주던 시대는 아니지만, 오래 산 자의 말 한 마디 한 마디가
골수 깊이 박힌다. 함께하는 삶을 깨고 나와 '홀로'의 자유를
구가하는 젊은 세대에게는 시인의 삶의 방식이 지금 여기서
당장 부숴야 할 전통일 수가 있으나, 시인으로서는 더불어 함

께해 온 삶이야말로 훼손할 수 없는 가치다. 타자에게 타자인 '나'가 타자를 타자화하는 이 세계에서는 그 누구인들 타인이 아닌 경우가 없다. '나'는 타자에 의한 '나'이며, 타자 또한 '나'에 의한 고유의 주체다. 때문에 타자는 언제까지고 영원한 나의 동반자이며, 타자에 의해서만 나는 나답게 정립된다. 이효정이 썼듯이 "보잘것없는 사랑 하나"(「사랑은 카드Card가 안 되네」)를 나누면서 조촐하게 삶을 꾸려 가는 당신 · 아들 · 딸 · 사위 · 사내아이 · 아내 · 엄마 · 아버지 · 여자 · 남자, 그리고 세상의 모든 타자들을 이효정은 하나의 지평으로 초대한다. 흔히 말해 왔으나 여전히 말해야 할 자유 · 사랑의 가치는 빼앗기도, 빼앗기기도 어려운 것이라고 시인은 거듭 말한다.

천년의시인선